Dornröschen

Ernst Klett Sprachen
Stuttgart

Es waren einmal ein König und eine Königin. Sie wünschten sich schon seit langer Zeit ein Kind. Als die Königin wieder einmal badete, sprach ein Frosch zu ihr: „Dein Wunsch wird sich erfüllen. In einem Jahr bekommst du eine Tochter!"

wünschen: Das möchtest du gerne. Das ist dein Wunsch.

baden: sich mit viel Wasser waschen oder schwimmen

der Frosch: kleines, oft grünes Tier, das am Wasser lebt und hüpfen kann

die Tochter: Das Kind ist ein Mädchen.

Der Frosch hatte die Wahrheit gesagt.

Die Königin bekam eine Tochter. Sie war wunderschön.

Der König und die Königin freuten sich sehr über das Mädchen.

Darum wollten sie ein großes Fest mit allen Freunden und Verwandten feiern.

die Wahrheit: etwas, das wahr ist; etwas, das stimmt

die Verwandten: Opa und Oma, Tante und Onkel gehören zur Familie. Sie sind Verwandte.

das Fest: Menschen kommen zusammen und feiern zum Beispiel Geburtstag.

feiern: Ihr trinkt und esst zusammen und habt Spaß.

Der König wollte auch die Feen in sein Schloss einladen.
Im Land gab es dreizehn Feen. Alle sollten am Tisch sitzen
und von goldenen Tellern essen.
Aber leider gab es nur zwölf Teller. Deshalb schrieb der König
nur zwölf Einladungen an die Feen.

die Fee: Im Märchen macht die Fee, dass gute oder schlechte Wünsche wahr werden.
die Einladung: Du schreibst eine Einladung, wenn du möchtest, dass jemand
zu deinem Fest kommt.

das Schloss: Das Haus der Königin ist schön. Sie wohnt in einem Schloss.

Es war ein sehr schönes Fest. Und jede Fee hatte als Geschenk einen besonderen Wunsch für die Königstochter.
Die erste Fee wünschte dem Kind Klugheit, die zweite Fee wünschte Schönheit, die dritte Reichtum...

besonders: etwas, was nicht jeder hat
die Klugheit: Dornröschen soll sehr schlau sein und viel wissen.
die Schönheit: Dornröschen soll eine schöne Frau werden.
der Reichtum: Dornröschen soll viel Geld und Gold haben.

Doch als die elfte Fee gerade ihren guten Wunsch sagte,
kam plötzlich die dreizehnte Fee in das Zimmer.
Sie war sehr wütend, weil sie keine Einladung hatte.
Sie rief sehr laut: „An ihrem fünfzehnten Geburtstag soll sich
die Königstochter an einer Spindel stechen und tot umfallen."
Dann ging die böse Fee wieder.

wütend: sehr böse und verärgert sein
stechen: Mit einer Nadel kannst du dich stechen. Das tut weh.
tot: nicht mehr leben
umfallen: hinfallen, auf den Boden fallen

Alle waren sehr erschrocken. Da stand die zwölfte, gute Fee auf und sprach den letzten Wunsch: „Die Königstochter soll nicht tot umfallen. Sie soll nur hundert Jahre schlafen."

erschrocken / erschrecken: einen Schreck bekommen oder Angst haben
stand ... auf / aufstehen: Sie hat gesessen, dann steht sie auf.
der Wunsch: etwas wünschen; hoffen, dass etwas wahr wird
das Jahr: Ein Jahr hat 12 Monate und dauert von Januar bis Dezember.

Der König hatte Angst um seine Tochter. Sie sollte sich niemals stechen. Darum gab er den Befehl:
„Verbrennt alle Spindeln im Land!"

die Angst: Wenn du das Gefühl hast, dass etwas Schlechtes oder Schreckliches passiert.
den Befehl geben: Die Menschen im Land müssen machen, was der König sagt.
verbrennen: durch Feuer zerstören oder kaputt gehen

Die Königstochter wurde klug und schön. Der König passte immer gut auf sie auf. Aber am fünfzehnten Geburtstag waren der König und die Königin nicht im Schloss.

Die Königstochter war neugierig. Sie lief durch das ganze Schloss. So kam sie auch zu einem Turm und stieg die Treppe hoch. Oben gab es eine Tür. Die Königstochter öffnete die Tür mit einem Schlüssel. Sie ging in das Zimmer hinein.

neugierig: Wenn du alles wissen willst, bist du neugierig.

der Turm: Das ist ein sehr hohes und sehr schmales Haus.

die Treppe: In einem Haus gehst du auf der Treppe nach oben oder nach unten.

der Schlüssel: Mit einem Schlüssel kannst du eine Tür aufschließen oder öffnen.

In dem Turmzimmer saß eine alte Frau. Das Mädchen fragte:
„Was machst du da? Und was ist das für ein lustiges Ding?"
Die alte Frau antwortete: „Ich spinne und das ist eine Spindel."

lustig: etwas, über das du lachen kannst

das Ding / die Dinge: Dinge sind Sachen, die du sehen oder in die Hand nehmen kannst.

spinnen: Aus der Wolle vom Schaf einen Faden machen.

Die Königstochter wollte auch gerne spinnen. Deshalb griff das Mädchen nach der Spindel und sofort stach sie sich in den Finger.

griff / greifen: etwas mit der Hand nehmen wollen
sofort: im nächsten Moment, gleich, jetzt

Die Königstochter fiel auf das Bett im Zimmer, aber sie starb nicht. Sie schlief nur einen sehr tiefen Schlaf. Dies war der Wunsch der zwölften, guten Fee.

fiel / fallen: etwas bewegt sich schnell von oben nach unten
starb / sterben: nicht mehr leben, tot sein

Alle im Schloss schliefen sofort ein: Der König und die Königin, die gerade nach Hause kamen. Der Küchenjunge, der etwas falsch gemacht hatte. Der Koch, der den Küchenjungen an den Haaren ziehen wollte. Sogar die Tiere schliefen ein.

der Koch: Er kocht das Essen in der Küche. Das ist sein Beruf.
der Küchenjunge: Ein Junge, der in der Küche arbeitet und dem Koch hilft.

einschlafen: beginnen zu schlafen

Nichts bewegte sich im Schloss – auch nicht der Wind. Um das Schloss herum wuchs eine Dornenhecke, die jedes Jahr höher und dichter wurde. Nach vielen Jahren konnte man das Schloss gar nicht mehr sehen.

wuchs / wachsen: größer, höher oder stärker werden

die Dornenhecke: Dornen wachsen an den Rosen und stechen.

Wenn viele Pflanzen dicht nebeneinander wachsen, ist das eine Hecke.

dicht / dichter: ganz nah; so nah, dass du nicht mehr durch die Blätter sehen kannst

Ein alter Mann erzählte einem jungen Königssohn von dem Schloss hinter der Hecke. Der Mann wusste, dass dort die schöne Königstochter schlief. Alle nannten sie nur Dornröschen. Aber der Mann warnte den Königssohn: „Seit 100 Jahren ist niemand in das Schloss hineingekommen.

der Königssohn: Der König hat ein Kind. Es ist ein Junge.
nannten / nennen: jemandem einen Namen geben
warnen: Er sagte: Pass auf! Vorsicht: Gefahr!
niemand: kein Mensch

Viele junge Männer sind in den Dornen gestorben."
Doch der Königssohn wollte unbedingt zu Dornröschen.
Er ging zur Hecke. Ein Wunder geschah. Die Rosen blühten
plötzlich und die Hecke öffnete sich, denn die 100 Jahre waren
vorbei. Der Königssohn ging durch die Hecke ins Schloss.

unbedingt: ganz stark wollen
das Wunder: eine Überraschung, die du nicht erklären kannst
blühen: Die Rosenblüten öffnen sich. Die Blumen bekommen bunte Blätter.
sich öffnen: aufgehen

Als der Königssohn in das Schloss kam, wunderte
er sich über die Menschen und Tiere. Alle schliefen.
Aber wo war Dornröschen?

sich wundern: erstaunt sein; überrascht sein

Der Königssohn schaute in jedes Zimmer, bis er endlich in das Turmzimmer kam. Da lag die schöne Königstochter auf dem Bett und schlief. Der Königssohn küsste Dornröschen. Und Dornröschen öffnete die Augen.
Sie sah den Königssohn freundlich an.

schauen: sehen
endlich: zum Schluss, am Ende
küssen: sich mit den Lippen berühren, wenn ihr euch sehr gern habt
freundlich: nett, lieb

Dornröschen und der Königssohn gingen zusammen durch das Schloss. Sie sahen, wie alle Menschen und Tiere aus dem Schlaf erwachten. Und sofort zog der Koch den Küchenjungen an den Haaren.

Der König und die Königin freuten sich sehr.

---

erwachen: wach werden

zog / ziehen - an den Haaren ziehen: Mit der Hand die Haare greifen und fest bewegen, so dass das weh tut

Der König und die Königin freuten sich, dass ihre Tochter lebte. Bald feierten Dornröschen und der Königssohn eine prächtige Hochzeit. Und alle lebten glücklich bis an ihr Ende.

prächtig: sehr schön
die Hochzeit: wenn Menschen, die sich lieben, heiraten
bis an ihr Ende: bis sie sehr alt waren und starben

Wortschatz

die Angst –
die Ängste

Du hast das Gefühl, dass etwas
Schlechtes passiert.

Der Hund bellt. Ich habe Angst,
dass er beißt.

einschlafen
er schläft ein – er schlief ein –
er ist eingeschlafen

beginnen zu schlafen

Wenn ich lese,
schlafe ich schnell ein.

aufwachen
sie wacht auf – sie wachte auf –
sie ist aufgewacht

nicht mehr schlafen

Wenn es hell wird,
wache ich immer auf.

fallen

sie fällt – sie fiel – sie ist gefallen

etwas bewegt sich schnell von oben
nach unten

Der Apfel fällt vom Baum
auf die Erde.

sich **bewegen**
er bewegt sich – er bewegte sich –
er hat sich bewegt

nicht still sitzen oder stehen

Die Blätter bewegten sich im Wind.

feiern

er feiert – er feierte – er hat gefeiert

Alle essen und trinken zusammen
und haben Spaß.

Die ganze Familie feiert
mit mir Geburtstag.

freundlich

Eine Person ist nett und lieb.

Meine Lehrerin ist sehr
freundlich zu mir.

der Schlüssel –
die Schlüssel

Die Tür ist zu. Mit dem Schlüssel
kannst du sie öffnen.

lustig

Du lachst über etwas oder
findest etwas komisch.

Der Film war sehr lustig.

die Spindel –
die Spindeln

Mit einer Spindel kannst du aus
Wolle einen Faden machen.

neugierig

wenn du alles wissen willst

Du fragst so viel.
Sei nicht so neugierig.

sich stechen

sie sticht sich – sie stach sich –
sie hat sich gestochen

Mit einer Nadel kannst du dich
stechen.

Ich habe mich gestochen.
Das tut weh.

die Rose –
die Rosen

eine schöne Blume, die aber Dornen hat

Als ich an den Rosen gerochen
habe, habe ich die Dornen angefasst
und mich gestochen.

Wortschatz

sterben

sie stirbt – sie starb – sie ist gestorben

nicht mehr leben, tot sein

Sein Opa lebt nicht mehr.
Er starb vor einem Jahr.

wachsen

er wächst – er wuchs –
er ist gewachsen

größer, höher oder stärker werden

Die Rosen wachsen sehr hoch.

der Turm –
die Türme

ein sehr hohes und
sehr schmales Haus

In diesem Schloss gibt
es viele Türme und Treppen.

wissen

sie weiß – sie wusste – sie hat gewusst

etwas ist bekannt, du musst nicht fragen

Er kennt die Geschichte und weiß,
was passiert ist.

wütend

sehr böse und verärgert sein

Er hat mein Fahrrad kaputt
gemacht. Ich bin so wütend.

die/der Verwandte –
die Verwandten

Eltern, Omas, Opas, Tanten, Onkel.
Das alles sind Verwandte.

Er hat wenige Verwandte,
nur seine Eltern und eine Oma.

der Wunsch –
die Wünsche

etwas, das man gerne haben
oder machen möchte

Das Kind hatte nur einen Wunsch:
Es wünschte sich einen Hund.

Meine Wortschatzkiste

Sieh dir die Wortschatz-Wörter nochmals an.
Welche Wörter sind neu für dich? Welche magst du gerne?
Schreibe sie auf.

Meine neuen Wörter　　　　　　　**Wörter, die ich gerne mag**

Rätsel 1: Welche Wörter kennst du?

Weißt du, welche Wörter mit „König"
hier fehlen? Schreibe sie auf.
Finde das Lösungswort.

1 Ich bin Dornröschen, die Königs __ __ __ __ __ __ __ .

                                                           4 1

2 Hundert Jahre schlief ich. Dann kam ein Königs __ __ __ __ .
Er küsste mich wach.

                                         2

3 Wir lebten alle in einem großen Königs __ __ __ __ __ __ __ .

                                                         3

Lösung: die ◯ ◯ ◯ ◯
             1 2 3 4

Schreibe die richtige Zahl in die Lücken.
Findest du das Lösungswort?

1 In unserem Land gab es _____ Feen.

2 Aber mein Vater schrieb nur _____ Einladungen.

3 _____ Feen hatten ihre guten Wünsche gesagt.

Dann kam die böse Fee herein.

4 Als ich _____ war, stach ich mich an einer Spindel.

5 Danach habe ich _____ Jahre lang geschlafen.

dreizehn **H**   elf **C**   hundert **E**

zwölf **E**   fünfzehn **K**

Lösung: die

1   2   3   4   5

Rätsel 3: Was passt zusammen?

Welches Wort passt zu welchem Bild?
Schreibe die Wörter neben die Bilder.
Finde das Lösungswort.

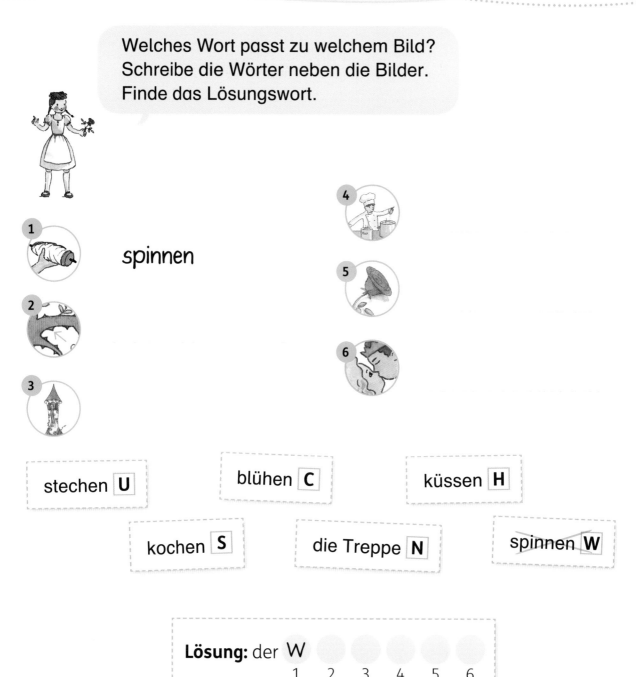

1 spinnen

stechen **U**

blühen **C**

küssen **H**

kochen **S**

die Treppe **N**

spinnen **W**

Lösung: der W ○ ○ ○ ○ ○
    1   2   3   4   5   6

Das ist meine Geschichte.
Aber ein paar Silben fehlen.
Du findest die Silben neben der Kiste.
Schreibe sie auf.

An meinem fünfzehnten Ge __ __ __ __ __ tag war ich allein

im Schloss. Ich war __ __ __ gierig und lief durch das ganze Schloss.

So kam ich zu einem Turm und stieg die Trep__ __ hoch.

Oben gab es eine Tür. Ich öffnete die Tür mit einem Schlüs__ __ __ .

Im Zim__ __ __ saß eine alte Frau. In der Hand hatte sie eine

Spin__ __ __ .

Ich wollte auch spin__ __ __ , aber ich stach mich.

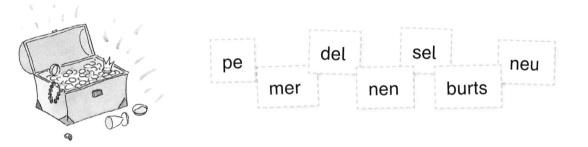

pe

del

sel

neu

mer

nen

burts

Rätsel 5: Was stimmt hier nicht?

In jedem Satz ist ein Wort versteckt, das nicht passt.
Streiche es durch.
Schreibe das falsche Wort in den Lösungssatz.

1 Mein Vater schrieb ~~eine~~ Einladungen.

2 Meine Mutter badete Fee mit dem Frosch.

3 Die Feen schenkten mir Schönheit, Reichtum und bekam Klugheit.

4 Alle schliefen im Schloss: meine Eltern, die Tiere und keine ich.

5 Der Königssohn sah die Dornenhecke, aber er wollte Einladung zu mir.

Lösung:

	1	2	3	4	5

Meine Geschichte ist schon sehr alt.
Schreibe sie in der Vergangenheit. Tausche die
bunten Wörter mit denen aus der Wörterkiste.

Ich steige __ __ __ __ __ die Treppe hoch. Im Zimmer sehe __ __ __

ich eine alte Frau mit einer Spindel. Die Spindel sticht __ __ __ __ __

mich, aber ich sterbe __ __ __ __ __ nicht.

Ich liege __ __ __ auf dem Bett und schlafe __ __ __ __ __ __ __ .

Nach 100 Jahren kommt __ __ __ ein Königssohn. Er gibt __ __ __

mir einen Kuss und ich bin __ __ __ wieder wach.

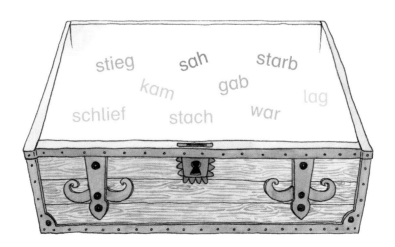

stieg   sah   starb
kam   gab   lag
schlief   stach   war

31

Du möchtest das Märchen hören?

Das geht ganz leicht!
Du kannst dir das Märchen am **Computer** anhören oder **herunterladen**.
Gib diesen **Link** in deinen Internetbrowser ein: www.klett-sprachen.de/**dornroeschen-anhoeren**
Dann musst du das **Passwort** eingeben: **dornroeschen**
Wähle das ganze Märchen oder einzelne Seiten zum Anhören aus.
Ein Erwachsener hilft dir bestimmt.

Du kannst das Märchen auch mit deinem **Smartphone** oder **Tablet** anhören.
Dazu brauchst du die **Klett-Augmented-App**. So funktioniert die App:

Klett-Augmented-App
kostenlos downloaden
und öffnen

Bilderkennung
starten und **diese
Seite** scannen

Medien laden, direkt
nutzen oder speichern

Willst du das **ganze** Märchen auf einmal hören? Dann scanne die erste Seite im Buch.
Oder lass dir die Seiten **einzeln** vorlesen, scanne dazu einfach nur die betreffende Seite.

Viel Spaß beim Hören!

1. Auflage   1 ⁴ ³ ² | 2022 21 20 19 18

Autoren: Angelika Lundquist-Mog (Didaktisierung, Übungen, Annotationen)
          Paul Mog (Bearbeitung Märchentext)

Konzept und Redaktion: Sebastian Weber
Illustrationen: Friederike Ablang, Berlin
Layoutkonzeption: Maja Merz
Gestaltung und Satz: Eva Lettenmayer, Gerlingen
Reprografie: Meyle+Müller, Pforzheim
Umschlaggestaltung: Maja Merz

Druck und Bindung: AZ Druck und Datentechnik GmbH, Kempten/Allgäu
Printed in Germany

ISBN-13 : 978-3-12-674907-7